OS PASTORES DE DEUS

Eduardo Borsato

Os Pastores de Deus

1ª Edição
POD

Petrópolis
KBR
2011

Edição e revisão **KBR**

Editoração **APED**

Capa **KBR sobre foto (arquivo Google)**

ISBN: 978-85-8180-190-2

KBR Editora Digital Ltda.

www.kbrdigital.com.br

atendimento@kbrdigital.com.br

24 2222.3491

B869.3 — Ficção e contos brasileiros

Eduardo Borsato é teatrólogo, contista e novelista. Foi *ghost-
-writer*, redator da Rede Globo e adaptador de novelas de televisão para bolso e livro. Por dez anos, editou *house-organs*
e jornais de bairro. É autor de *Minha filha também*, pela KBR.

Site do autor: http://www.eduardo.borsato.nom.br/
E-mail: contato@eduardo.borsato.nom.br

Sumário

Constança • 9

O ciúme • 19

O milagre • 27

Gabiroba • 33

O barba-azul • 47

A cigana • 55

Os pastores de Deus • 81

Salto carrapeta • 91

Os agiotas • 103

Laura • 111

Constança

Sufocado pela fumaça do charuto barato da Suerdieck, Elias viu surgir de dentro dela a cara balofa de Exu Trinca-Ferro. Que, peremptório, depois de mais algumas baforadas, com a voz rouca de um Rei Momo de turbante, garantiu:

— Teu pinto vai cair.

— Hein?!

Elias sentiu uma pontada no coração.

Há coisa de uns quinze dias, uma ferida dolorosíssima o atormentava. Procurou o doutor Alberto, que depois de examiná-lo, ao contrário do ar alegre e bonachão de sempre, disse, a voz seriíssima, um São João depois de escrever o Apocalipse:

— Vou encaminhá-lo a um oncologista.

Seguiu-se uma enfiada de exames, radiografias, junta médica, uma sarabanda infernal da qual ele saía como tinha entrado, ou seja, absolutamente arrasado.

Enfim, primeiro judeu macumbeiro de Campo Grande, e inteiramente desesperançado da ciência, fez o que devia ter feito desde o início: procurou seu babalorixá. Que repetiu:

— Teu pinto vai cair. Tá podre.

E Elias, balbuciante:

— Mas... tem certeza?

Trinca-Ferro deu um gemido rouco, trincou a ponta do charuto, encarou-o, os olhinhos apertados:

— Tás duvidando?

— Não, não... mas é que...

— Tua mulher.

— Que que tem?

— A culpada.

— Constança?!

— Mandinga.

— Escuta... escuta...

— A xoxota dela.

— A xoxota?

— Não tá gosmenta?

— Hein?!

Ultimamente, Constança... bom, tinha se queixado de... já tinha até consultado o ginecologista, e...

— Não gosta mais de tu.

— O quê?!

Trinca-Ferro de novo mastigou o charuto, encarou-o:

— Tu é surdo?

— Não, mas...

— Ela tem nojo de tu. Daí a gosma.

— Mas a gente faz sexo como antes, e ela...

— Tá fingindo.

E Elias, a voz contorcida, em tremenda angústia:

— Por quê? Por quê?

— Além de surdo, tu é burro?

— Ai...

— Ela finge porque tem nojo.

— A mandinga?

— Que que tem?

— Ela que fez?

— Pode ser, pode não ser.

— Ué, mas então...

— Vou desfazer.

— E aí ela volta a gostar de mim?

E Trinca-Ferro, de novo encarando-o:

— Tu é mesmo uma besta. Ainda não entendeu?

— O quê?

— Desfaço a mandinga. Só.

— Quer dizer que ela...

— Morreu pra tu. Não procura mais ela como homem. Teu pinto cai de vez. Sem cura.

Elias quase gritou:

— Eu continuo gostando dela. Amando.

— Transa com outra. É o jeito.

— Mas... quer dizer... quer dizer que eu estou condenado a... — gaguejou Elias.

— Está!

Trinca-Ferro deu-lhe as costas, afastou-se, em meio a uma aura de fumaça.

A FALECIDA

No leito de morte, num arrepiante vagido, os olhos revirados, Constança gritou:

— Pablito! Meu amor! Pablito *mio*! Ai, Pablito! Ai, ai!

E morreu.

Elias enxugou uma furtiva lágrima, Dr. Alberto cerrou os olhos da defunta, os parentes e vizinhos, na sala ao lado, iniciaram uma sentidíssima ladainha.

A FILHA

Tinha os olhos tristes, de agonia.

Ai, por que será,

por que será

tão triste

o olhar de Ana Maria?

Papai sempre vinha almoçar em casa. Chegava à uma hora. Pontualmente. A gente comia junto. Ele, mamãe, eu, meu irmão. Papai gostava muito de carne picadinha com quiabo. Pedia sempre. Às duas horas, ele voltava pra loja. Às duas e meia seu Pablo chegava. Conversava um pouco comigo e com meu irmão, depois se trancava no quarto com mamãe. Eu ouvia os dois conversando baixinho, o risinho dela. Depois ficavam quietos, só dava pra ouvir uns gemidos abafados, entrecortadinhos. Às três e meia ele ia embora.

A DECISÃO

— Não venho mais, pronto.

— Mas...

E Constança, definitiva, puxando para si a ponta do lençol, tentando se cobrir:

— Em motel, nunca mais.

— Ai, meu Deus!

Pablito, ou Pablo Alvarez Vicunha, olhou-lhe as coxas perfeitas, os braços roliços, os olhos amendoados, de um azul faiscante, gemeu fundo: "Mulherão! Mulherão!" Chileno, baixinho, barrigudinho, modestíssimo propagandista de laboratório, um prosaico Che Guevara com caxumba, Pablito com ele compartilhava apenas o idioma e uma sacrossanta fama de guerrilheiro perseguido e injustiçado. Coisa, aliás, que só o favorecia. E da qual, safadamente, tirava o maior proveito. Acima de tudo com as mulheres. Tinha sido assim com meia dúzia delas, até encontrar Constança. Ela era tão... tão... Mas agora via-se na iminência de perdê-la, a menos que...

— Sou uma mulher casada.

— Eu sei. Só que...

— Não posso me expor. Me comprometer.

— Se comprometer?!

— Ora, acha que ninguém vê a gente?

— Mas a gente tem variado. Não vem sempre no mesmo motel.

— Pior ainda.

— Pior?

— Os motoristas... os atendentes... além do mais...

Fez uma pausa. Levou uma das mãos ao cabelo, ajeitou-o. Ficou alguns instantes assim, o braço erguido. Ele lhe via o sovaco. Depilado. Era tão excitante que...

— ...sou professora pública. Muito conhecida. Já pensou? Dar de cara com um aluno meu? Sem falar que Campo Grande tá cheio de fofoqueira. Sabia?

— Não... eu não... quer dizer...

Diabo, a conversa estava tomando um rumo que... ele era pobre, não tinha carro, dividiam o motel e... tinha mulher, filhos... será que ela se esquecia que...

— Escuta... eu sei... já pensei nisso...

— Já?

— ...em alugar um apartamento... um cantinho só pra gente...

E ela, débil:

— Peraí... peraí...

— ... mas é que agora não dá... uma miséria o que eu ganho... e tem minha mulher... acho até que ela...

Constança quase gritou:

— Não tou pensando em nada disso!

Ele a encarou, espantado. Constança tinha se levantado, vestia a calcinha, o sutiã.

— Ora, mas então...

Ela se voltou para ele, e, os olhos cintilando:

— A partir de amanhã, te espero lá em casa. De tarde. Depois do almoço.

O FILHO

Mamãe e a mulher dele ficaram muito amigas. Ela se chamava Gertrudes. Não era chilena. Era uma mulatinha baixinha, muito sorridente. Tinha nascido no Méier e se mudaram pra Campo Grande logo depois do casamento. Tinham duas filhas pequenas. Vinham muito aqui em casa. As meninas ficavam sempre brincando comigo. Minha irmã não queria saber delas. A gente também ia na casa deles. Quando mamãe ficou doente, dona Gertrudes foi uma mão na roda. Cuidou muito dela. Mamãe sofreu muito, teve câncer no ovário. Papai ficou sem cabeça pra nada.

O ENTERRO

Pablito segurou um das alças do caixão. Elias teve uma violentíssima queda de pressão. O Dr. Alberto lhe aplicou benzetacil na veia. Elias não conseguiu ir ao enterro. Ficou prostrado em casa. Dava urros de ensurdecer um urso. Não deixou vizinho nenhum dormir. Permaneceu assim por três meses. Ao fim dos quais, amigou-se com a gerente de sua loja de roupas e utensílios para o lar em geral, na Rua Gianerini 33.

Abandonou também a macumba, deu adeus a seu babalorixá. Voltou ao seio do velho e bom deus de Abraão. Com tamanho empenho que pretende fazer uma viagem a Israel, para se aprofundar nos ensinamentos rabínicos e nos estudos da Torá.

O CIÚME

Luísa era ciumentíssima. E não escondia o fato de ninguém. Acima de tudo de Amauri, seu noivo:

— Se vamos mesmo nos casar, já sabe. Exclusividade. Total. Exijo. Desde agora.

Amauri ria amarelo, sentia a dispneia aumentar, mas suportava aqueles rompantes com uma dignidade de Daniel, quando, no escurinho da cova, se viu sufocado pelo bafo adocicado dos leões.

Os amigos é que não se conformavam:

— Reage, cara. Reage.

— Ela diz essas coisas na frente de qualquer um.

— É muita humilhação.

Mas Amauri continuava inerme como um chimpanzé de feira, inconsciente de sua própria força. O que, aliás, já começava a levantar suspeições:

— Será que ele tem mesmo alguma?

— É um humilde. E os humildes herdarão a terra.

— Sei não. Acho que vão é morrer antes. Da poeira que terão que engolir.

— Tudo isso é muito bonito e coisa e tal. Mas, afinal, no duro, no duro, que que a gente sabe sobre o Amauri?

Muito pouca coisa. Funcionário subalterno da receita federal, tinha sido transferido de Barbacena para Campo Grande há uns três anos. Solteiro, morava num apartamento modestíssimo, na antiga Rio São Paulo. Olhos verdes, físico de canastrão de Hollywood, fazia muito sucesso com as mulheres. Luísa era sua chefe na repartição e foi das primeiras a se encantar por ele. Isso o que se conhecia.

O resto eram especulações. E, no caso das especulações, cabia às mulheres fazer a mais vital, básica e inquietante: como é que um bucho como a Luísa, baixinha, coroa, encharcada de osteoporose, era noiva e ainda por cima mantinha pelo cabresto um sujeito com aquela pinta?

— Nesse mato tem muito coelho! Ah, se tem!

— Que a gente vai desentocar.

A MÃE DE SANTO
— Desentocaram?

— Descobriram que Luísa frequentava o terreiro de Mamãe Alcina.

— Tremenda bruxa.

— Magia negra.

LUÍSA
(com uma sofreguidão infamante, quase engolindo a dentadura postiça)

— Cumé que eu faço, Mamãe?

— Hun...

— Quero amarrar ele...

— Hun...

Mamãe Alcina era magra, alta, vestia-se com aprumos de passarela, enfim, era uma mãe de santo pós-pós-moderna, uma sílfide do além.

Hetaira, compartilhava seus favores com toda uma falange de exus. Seu preferido era Exu Tiriri, com quem dava trepadas tão incendiárias que seus gozosos gritos deixavam afogueadas todas as moradoras da Rua Aurélio de Figueiredo.

— Pra sempre, viu? Pra sempre.

Mamãe Alcina deu três fungadelas, e com voz de preta velha e sotaque de rendevu cabo-verdiano, resmungou

— Hun, hun, ê, ê.

Bagulhão qué gostosão

só pra meter!

Em seguida, ainda incorporada, os olhos tremelicando, mas já de novo a gostosíssima Mamãe de antes, a fala normal, acrescentou:

— Você tem que fazer o seguinte: pegar uma palma de espada de São Jorge, cortar a espada em três pedaços, colocar pra ferver por três horas. Depois, com a água fervendo, lavar a xoxota por treze minutos e com a mesma aguinha da xoxota esfregar o rosto também por treze minutos, sempre pedindo pra São Jorge transformar o dragão numa princesa muito bonita e desejada. Pronto. Taí o feitiço. Só é preciso tomar cuidado com a água fervendo, pra xoxota não ficar chamuscada.

AS AMIGAS

Descoberto o segredo, as amigas foram à casa de Luísa. Eram três. Enquanto duas a distraíam com uma conversa qualquer, a terceira descobria no banheiro um potinho com a poção milagrosa. Mais do que depressa, substituiu-a por uma mistura de água com xixi de chinchila. O xixi, com o nome comercial de Chinchiflex, era vendido em vidrinhos de 30 ml e tinha sido comprado na loja do Reino Verde, no Beco do Seridó. Na bula havia a seguinte advertência: produto altamente corrosivo, destinado única e exclusivamente a uso sanitário. Evitar todo e qualquer contato com a pele.

Aquela noite, assim que passou a poção, Luísa deu um gemido:

— Ui!

E caiu dura.

OS ANÉIS DE SATURNO

Furiosa e pensando que Amauri tinha sido o culpado, Mamãe Alcina foi procurá-lo. Mas, assim que o viu:

— Ai, nunca pensei.

— O quê?

— Teu olho.

— Que que tem?

— É verde cor do mar.

— Daí?

— Daí que eu quero te oferecer...

PAUSA

— O quê?

— Meu mar.

— Hein?!

— Com todos os seus peixes, peixinhos e peixões.

Mais que depressa, ele aceitou, ela então deu três giros no ar, pegou-lhe a mão, levou-o para um dos anéis de Saturno, perto da lua Phoebe. Quem passa por lá garante que estão mais felizes que Dalila, quando cortou a carapinha caspenta de Sansão.

O RETORNO

O detetive Raposão acordou de madrugada com um fantasma dentro do quarto. Negão mais feio que um gorila, no início pensou que fosse sua própria imagem refletida no espelho. Não era. Ficou com tanto medo que... Sossegou só quando reconheceu o fantasma de Luísa.

— Que que você quer?

— Fazer uma revelação.

— Que revelação?

— Quem me matou foi a Cleonice, a Clarivalda e a Berenice.

— Ah, é? — exclamou ele, e mandou colocar Cleonice numa cela com cinquenta estupradores profissionais. Em Clarivalda ele mandou fazer lobo-tomia, no hospital psiquiátrico, e Berenice ele trans-formou em pastora da igreja do bispo Valdomiro Santiago.

Luísa ficou tão agradecida que passou a trepar com o Raposão cinco vezes por semana. Os vizinhos já não aguentam mais ver aquele fantasma se esguei-rar pelo buraco da fechadura e impregnar todo o edifício com um insuportável cheiro do mais fétido enxofre.

O MILAGRE

No café das Lojas Americanas, conversam Berenice e uma amiga.

— Aí, ele é maravilhoso — suspira Jaqueline.

— Quem?

— O Crispim.

— Quem?!

Minueto tu és do Municipal
o maior, sem igual.
Mas o samba não tem medo só porque
tu não és, tu não és do carnaval.

— Ele dançou?

— Não.

— Por quê?

— Não podia.

— Ora essa...

— Era coxo.

— Não brinca.

— Não tinha uma perna. A esquerda.

— E ela?

— Me apaixonei.

— Peraí, Jaqueline.

— Loucamente.

— Por um perneta?!

"A secagem do cotoco foi muito dolorosa. A ferida custou muito a cicatrizar. As dores não me deixavam dormir. E tinha ainda a lembrança do acidente. O escorregão no estribo do bonde, a perna cortada, no meio dos trilhos. Era um pedaço de meu corpo, mas parecia ter vida própria. E parecia também tão abandonada, tão sozinha como um pardal debaixo de chuva."

— Repito: você está apaixonada por um perneta?!

— Estou.

— Mas...

— Que que tem?

— Escuta aqui... você tem vocação pra São Francisco de Assis?

Tinha. Era tão dadivosa quanto a mãe, que...

"Se chamava Maria, mas a gente só tratava ela de Maria Quinhentos Réis. A gente fazia ponto no Restaurante Rodoviário, na antiga Rio-São Paulo. Uma noite távamos na maior suruba com três negões, no quartinho dos fundos do restaurante. Aí, de repente, ela deu um berro, saiu correndo. Nuinha. Gritava que tava vendo um anjo de fogo que mandava ela parar de fazer a vida. Então ela nunca mais deu pra ninguém."

LUA DE MEL

Noite de núpcias. No aconchego do hotelzinho de Teresópolis, entre uma afogueadíssima transa e outra, Crispim abraça Jaqueline, desabafa:

— Amor, sabe o que mais me chateia? Deus. Magine, ele não me deixa em paz. Tá sempre do meu lado, me protegendo. Não me dá um minuto de sossego. Faz isso porque eu perdi a perna. Baita sentimento de culpa. Mas se ele deu pra gente o livre arbítrio, eu queria ter a liberdade de dizer pra ele me deixar em paz. Será que é pedir muito?

— Jaqueline ficou com a maior inveja.

— Inveja?

— Dos milagres.

— Ora, por quê?

— Quero um também pra mim.

PADRE: Terá que purgar seus pecados.

— Pecados?

— Depois é que talvez...

— Talvez?

— Impossível ter certeza.

— Mas mamãe...

— Uma perdida.

— Espera... foi ameaçada por um anjo de fogo.

— Está vendo? Purgação.

— E o Crispim?

— Purgou. Perdeu a perna.

— Mas garante que Deus é um chato.

— Mal agradecido. Novamente purgará.

— Só que eu...

— Vai purgar.

— Posso escolher minha purgação?

— Não.

— Ora, mas...

— Será sempre em dobro.

— Dobro?

— Dos seus pecados.

Aquela noite, Jaqueline sonhava com crimes e castigos quando um diabinho lhe apareceu. A voz, angélica, sussurrou-lhe ao ouvido esquerdo:

— A purgação!

— Hein?

— Venho lhe trazer.

Ela fez menção de dizer alguma coisa, ele não deixou, pegou-lhe a mão, com ela levitou, levou-a para a Cancela da Caroba, deitou-a na linha do trem, enviesada, as duas pernas sobre os trilhos. E, sorrindo, também um sorriso angélico:

— Lembra? Purgação em dobro.

E, a título de consolo:

— Sossega. O trem já tá vindo.

Apertou-lhe as mãos, soltou no ar deleitoso cheirinho de enxofre, esvaneceu-se.

— Foi assim que Jaqueline fez sua purgação e...

— Peraí... peraí...

— Que foi?

— Tá faltando o principal.

— O quê?

— O milagre.
— Bom...
— Aconteceu?

GABIROBA

MOÇOILAS: Terezo? Era o sonho. De todas nós.

MÃES: Pra minha filha, o casamento ideal.

PAIS: Os Del Vecchio. Família poderosa. Riquíssimos. Antigamente, fazendas de café. E tráfico de escravos. O avô, íntimo dos Breve, de Mangaratiba. Hoje, imóveis, ações, investimentos. Partidão.

EX-NOIVA: Uma Medusa se olhando no espelho, apavorada com a própria imagem. Assim a cara dela. Não sei o que o Terezo viu que... Só pode ter sido feitiço. Candidata a Miss Campo Grande. Pode? Desfile num clube fuleiro como o Dez de Maio. Foi lá que se conheceram. A gente já estava de casamento marcado. Vai daí que...

NA BOCA DO POVO

Na loja do turco Simão, conferiam a aposta.

— Ganho eu. Esta semana foi com o Messias — disse Alfredão.

Messias era o açougueiro. Na semana anterior, tinha sido com Fernandes, o sapateiro. E, antes, com Dagoberto, o pipoqueiro.

— Diabo! A Mercedes agora prefere o proletariado.

A voz profunda, amante da sociologia — um Gilberto Freire de fez e galochas —, Simão estudava com rigor científico as mudanças de Mercedes.

— O que não tem a menor importância — disse Alfredão. E acrescentou: — Existe coisa mais inútil? Magina! Procurar razões para a infidelidade!

E, depois de uma pausa:

— Com a Mercedes, então... pura perda de tempo.

— Acha mesmo?

— Quem não acha?

Alfredão mostrava-se de uma frieza abominável. Pegou o dinheiro da aposta e saiu dizendo que voltaria mais tarde, com um palpite infalível para a próxima semana.

Com o triste olhar de um dromedário, Simão viu-o desaparecer porta afora. Alfredão era um cínico, essa a verdade cristalina. Pior: de um cinismo incompatível com a amizade que dizia ter por Terezo. Pior ainda: levava-o a ter o mesmo cinismo, ele, Simão, igualmente amigo de Terezo. Afinal, que marido gostaria de... Ou será que Terezo de nada sabia? Mas, se era assim, não devia procurá-lo e...

Foi aí que o Gran Circo Valentim chegou a Campo Grande. E, com ele, o palhaço Gabiroba.

— Espera, espera...

— O quê?

— Que que o Gabiroba tem a ver...

MERCEDES: Comigo? Ai, Deus meu... meu Deus do céu...

GABIROBA

Sou alto,

sou forte,

sou bonitão.

Tenho olho verde,

dente branco,

dos homens sou

o mais gostosão.

O CASAMENTO

— Os sexos são iguais, não são?

— São, né.

— Pois então?

— O quê?

— Os homens não gostam de variar de mulher?

— Bem...

— Mesmo amando uma só?

— Bom...

— Então por que a mulher também não pode?

— Pode?!

— O mesmo, ora.

— Quer dizer...

— Transar...

— Com outro qualquer?

— ...desde que continue fiel.

— Fiel?

— A seu amor.

— Mas... escuta...

— Por exemplo: eu amo você.

— Logo...

— Posso transar com quem eu bem entender.

— Desde que...

— ...continue te amando.

— Ai, meu Deus!

— Bobinho, você também pode.

— Fazer o mesmo?

— Desde que...

A DEVASSA

Conversavam Mercedes e Gabiroba. No Motel Carbonara. Depois do sexo. Ela estava nua. Ele vestia uma cueca samba-canção. Sobre a cama, uma pequena bandeja com pedaços de frango assado. Ela pegou uma asinha. Ao lado da cama, numa mesinha, uma garrafa de cerveja pela metade. Gabiroba se serviu de um copo.

— Sabe? — diz ela.

— O quê?

— O Terezo. Mandou te pedir uma coisa.

— Terezo?

— Meu marido.

E Gabiroba, leve estremecimento na voz:

— Marido, é?

— É.

Ela trincou a asinha. Ele ouviu o estalido seco do ossinho. Tomou um gole de cerveja. Pareceu-lhe abominavelmente quente. Mercedes mastigou um pedacinho de carne. Largada, numa lassidão. Tinha os lábios levemente besuntados, reluzentes, insuportavelmente sensuais. Estava deitada de bruços. Ele lhe via o contorno dos quadris. A penugem débil, de pêssego, no vão das costas, na base das coxas.

— Quer que você o ensine.

— Eu?

— Quem mais?

— A quê?

Ela sorriu:

— Coisinha mais linda.

— Hein?!

Ele estava à sua frente. O corpo meio vergado. As costas apoiadas no espaldar da cama. Ela lhe acariciou a perna.

— Você. No picadeiro.

E, depois de leve pausa:

— Vai dizer que não sabe?

Continuava a sorrir. Aumentou a carícia:

— A música... aquelas luzes... a cara pintada... o nariz... um charme... parece até o Carequinha.

— Ahn...

— Nunca ninguém lhe disse?

Ela dava voltas. *Fugia do assunto*, pensou ele. *Aquela história de marido... será que...*

E, com cautela, pisando em ovos:

— Escuta... você disse... o Terezo...

— Pois é.

— Que que tem?

— Quer aprender com você.

— Sei... mas aprender o quê?

— A ser palhaço.

— Ora...

— Ideia fixa, sabe? Desde criança.

Ele, aliviado, deixou o corpo escorregar um pouco. Tomou novo gole de cerveja. Não estava mais tão quente.

— O circo tem isso, né? — continuou ela.

— É...

— Essa coisa... magia...

Ele repetiu, sem a menor convicção:

— É...

Disfarçadamente, olhou para o relógio. Sete da noite. Tinham entrado no motel às três da tarde. Foram quase quatro horas em que ela... que fogo... que despudor...

— Você passa lá em casa?

— Ué... pra quê?

— Combinar com ele.

— Peraí...

— O quê?

— Não acha meio esquisito?

— Esquisito?

— Ora, afinal... a gente...

— Ah! É isso?

Diabo, ela se fazia de ingênua. Difícil ver as coisas com aquela naturalidade. O que estaria acontecendo? Desviou o olhar, perguntou:

— Que mais podia ser?

E ela, com a tranquilidade de um esquimó:

— Ele já sabe.

— Hein?!

De novo a cerveja esquentou. Olhou de esguelha para ela. Sorria. Quanto a ele, sentia-se nu, desprotegido, um Cristo sem tanguinha, em pleno picadeiro, dezenas de pessoas a conhecer-lhe as intimidades, a esmiuçá-las.

— Sabe, é?

— Eu mesma contei.

Ele olhou para a porta, imaginou vê-la abrir-se, aparecer um tipo ferocíssimo, arma na mão, aos berros avançando para ele e... Instintivamente dobrou o corpo, cobriu as partes com as mãos. E a voz sumida, de fantasma asmático:

— Contou?!

— Por que o espanto?

Aquilo só podia fazer parte de um jogo do qual ele seria a prenda. Estropiada, sim, mas prenda. Ou — e aqui ele sentiu um suor frio —, mais dramaticamente, seria a vítima. Tinha certeza de que o Gran Circo Valentim não era uma grande vitrine. Mas dava-lhe a oportunidade de viajar. Acima de tudo, desfrutar variadíssimas mulheres. A verdade é que caíam sobre ele como moscas no mel. *Ela não o tinha comparado ao Carequinha? Pois então?* Mas terminar num lugar fuleiro como Campo Grande, nas mãos de um casal que... Ora, francamente.

Olhou outra vez para o relógio. Fez menção de se levantar. Ela percebeu, apertou mais fortemente sua perna.

— Que foi?

— É que... tou me lembrando agora... o espetáculo de hoje...

— Não é às nove, como sempre?

— É, mas... eu tenho que...

Ela sorriu, maliciosa, uma Barbie assassina:

— Você está com medo!

— Não... não...

— De mim e do Terezo! Que fofo! Coisa mais... mais excitante!

— Espera... espera... não é o que...

Ela se virou, lenta, premeditada, um felino encurralando a presa, escorregou o corpo pela cama, esfregando-se nele, tocando-lhe de leve os lábios:

— Não seja bobo.

Ele tentou dizer alguma coisa, ela não deixou:

— Te esperamos. Depois do espetáculo. Amanhã.

Ele sorriu. Um sorriso de canto de boca. Da mais pura canalhice. Afinal, se queriam viver uma comédia bufa, se colombina devia ficar com arlequim, por que, afinal, se importar com um insignificante e desprezível pantaleão?

A PAIXÃO

A campainha toca. A empregada abre a porta. É Gabiroba. Fica na sala esperando. No som, um tango argentino.

"Eu estava no banheiro, tomando banho. Ele perguntou se eu tinha cotonetes. Eu disse que tinha. Ele entrou pra pegar. Ficou olhando pra mim. Não sei o que me deu... fiquei tão abestalhado que o sabonete... bom... caiu da minha mão... eu me abaixei pra pegar... e foi aí que... bem... foi aí..."

Aquiles sem a proteção do calcanhar, Terezo se entregou à mais desvairada das paixões.

— Mercedes não descobriu?

— Não.

— Nem desconfiou?

— Só quando o circo foi embora.

— Eles? Terminaram?

— Pelo contrário.

— Hein?

— Terezo foi com o circo.

— Foi?

—Fugiu com o Gabiroba.

A VINGANÇA

Abandonada, pior ainda, traída, Mercedes, como uma guaxinim em trabalho de parto, berrou para o mundo, ou, mais prosaicamente, para os vizinhos campo-grandenses, um sofrimento inenarrável. Durante três dias. Em seguida, contratou, por dois mil reais, um miliciano. Que numa sexta-feira, às dez da noite, deu cinco tiros em Terezo.

Encontrou-o no carro-reboque de Gabiroba. Estacionado na praça central de Pindamonhangaba, num terreno baldio onde o circo tinha se instalado.

Vestia roupas de cigana: saia vermelho-goiabada, blusinha estilo bustiê verde-amanteigada, sutiã de silicone da Lingerie Sexy, manequim 43. Usava uma peruca da cor do bigode do Sarney.

Viúva, livre, mas, decepcionada com o proletariado — o que era um palhaço de circo, a não ser uma perfeitíssima aberração da contradição dialética? — passou ao conhecimento bíblico da burguesia.

Começou pelos profissionais liberais. Conheceu médicos, professores, engenheiros, reformadores sociais, agitadores, advogados.

Quando chegou aos comerciantes, conheceu o turco Simão. Com seu bigode de atroz, indecente lubricidade, vozinha de Maomé na menopausa, ele percorreu e praticou com ela as 5433 posições orientais do Kama Sutra. E ensinou-lhe outras tantas, extraídas por ele próprio, com desvelo de causar inveja a qualquer monge trapista, dos experimentos sexo-cármicos, secretíssimos, aliás, de Alan Kardec.

Inebriada, cegada pela mais absoluta paixão, Mercedes se converteu ao islamismo. E para manter e usufruir com a mais absoluta exclusividade a intimidade de segredos tão edulcorados, com Simão se casou.

Por fim, como prova de absoluta dedicação a ele, vai construir a primeira mesquita árabe de Campo Grande. Já comprou o terreno, na rua Aurélio de Figueiredo, próximo à Esquina do Pecado.

Alfredão será o muezim.

O BARBA-AZUL

Quando Carmen contou que estava namorando o José, dono do armazenzinho fuleiro, misto de bar mais fuleiro ainda, na rua Jaguaruna, Nestor engoliu em seco. Velho cachaceiro, conhecedor das mais variadas malandragens, puxou a filha de lado:

— Ficou maluca?

Chegou a ser rude: disse que José, mais conhecido como Zecão, era uma contradição até no apelido. No caso dele, o superlativo não passava do mais deslavado deboche. Aliás, sua figura podia ser assim resumida: baixote, puxando para o anão, ostentava uma barriga de ogro, colossal e desavergonhada; os olhos eram os de coruja maldormida, e sofria de uma halitose invejável, de múmia egípcia.

Carmen sequer reagiu ao que o pai dizia. Nestor, vendo-lhe o ar de tão burra inocência, suspirou resignado. E, quase segurando a alma pelas asas, não lhe contou o principal, o mistério que pairava sobre a cabeça de Zecão como um sinistro e agourento urubu.

CHUPÕES

As vizinhas que, aliás, eram tratadas por José com um carinho transbordante, não se cansavam de comentar, dia sim, o outro também:

— É um sádico. Humilha, humilha, depois mata.

— Boi sonso. Mas grande lábia. Grande lábia.

— Três casamentos. Três defuntos. Terceira viuvez.

— Credo.

E remoíam o caso da última vítima, a mais humilde, a que lhes falava mais de perto exatamente por esse mínimo detalhe. Tratava-se de uma suave caixeirinha de uma loja de 1,99. Zecão a conheceu, em quinze dias estavam casados e no mês seguinte ela já era defunto.

— Morreu do que, mesmo?

— Trombose da artéria femural. Perna esquerda.

— Trombose, é?

— Ele que disse.

— Fumava, bebia? Vida desregrada?

— Testemunha de Jeová.

— Hun... esquisito. Muito esquisito.

— Bota esquisito nisso.

E benziam-se, falavam em besuntar a entrada da casa dele com água benta, exorcizar o exu que com toda certeza trancava-lhe as encruzilhadas.

À noite, contudo, em seus mais recônditos sonhos, ansiavam pela presença de Zecão. Ofereciam-lhe despudoradamente a carótida para que ele lhes sorvesse até a última gota de sangue, em meio aos chupões mais desvairados.

O NAMORO

Carmen não era tão ingênua quanto o pai tinha imaginado. Pelo contrário. De Zecão já tinha ouvido poucas e boas. E, diga-se de passagem, foi cheia de uma curiosidade quase mórbida que aceitou o emprego de tomadora de conta do velho pai dele. Por isso e também pela banalíssima razão de estar precisando de dinheiro para comprar uma calça cocota, igualzinha à da Deborah Secco na novela das oito.

Mas a verdade é que Zecão, depois de iniciado o namoro, parecia-lhe tão inofensivo quanto
um tubarão de aquário. Incapaz de imaginar que é
na banalidade que reside o maior dos perigos, já o
via mesmo como o mais trivial dos sujeitos. Tinha
até vontade de dar-lhe tapinhas nas costas. E estava quase disposta a desmanchar, tê-lo apenas como
amigo, acabar com um namoro que tinha empacado
num chove-não-molha de fazer gosto. Foi então que
aconteceu.

José, exímio conhecedor, assim que botou os
olhos em Carmen teve a certeza de que se tratava
de papa fina. Loura de olho azul, falsa magra, era
ainda por cima educada e gentil. Sabia que era filha
única, órfã de mãe, e que, por necessidade, tinha pa-
rado de estudar, começado a trabalhar muito cedo.
Pena. Grande pena. Merecia coisa melhor. Nestor, o
culpado. O único. Era o diabo nascer pobre e ainda
ter um pai como aquele! Imagine, um sujeito que se
gabava de exercer o ofício de segurança de passarinho. Lástima.

Só que sentir comiseração era uma coisa, tentar reformar o mundo, outra. Carmen que seguisse
o seu caminho e... o fato é que ela era muito gos-

tosinha... e ele, viúvo, já começava a ter os sonhos invadidos por visões que...

Foi então que aconteceu.

O PEDIDO DE CASAMENTO

— Não casa comigo! Não casa! — implorou Zecão.

Foi dramático. Falou-lhe das antigas esposas. Amava-as, mas era só casar e lá se iam elas, morriam feito pardais. Ele já desesperava. E foi assim, desesperado, que repetiu:

— Não casa!

Fez mais: com um carinho que a comoveu até às entranhas, conduziu-a à porta da rua, implorou:

— Vai embora! Pra seu bem! Não volta nunca mais!

Foi o golpe fatal. Carmen, derretida por dentro, desmilinguiu-se também por fora. Chorando e soluçando, abraçou-o, colocou-lhe a cabeça contra o seio — o esquerdo —, apascentando-o como se ele fosse a mais inocente das criancinhas.

A LUA DE MEL

— Me mata, amor! Me mata! — implorava ela, em meio a um sexo fogosíssimo, os olhos revirados, a respiração enlouquecida.

Entre uma gemeção e outra, ele disfarçava um risinho cheio do maior enlevo por sua mais que transbordante masculinidade. Acontece, porém, que, mesmo o sexo terminado, mesmo ela já dormindo, não se cansava de repetir:

— Me mata, amor! Me mata!

Na manhã seguinte — passavam a lua de mel em Campo Grande mesmo, na casa da Rua Jaguaruna — Carmen, sentada à mesinha do café, estava adorável. Quanto a ele, não podia deixar de ostentar um sorriso bobão de puro maravilhamento. Foi então que ela:

— Me conta a verdade, vá.

— Que verdade, amor?

E ela, doce:

— Eu sei de tudo.

— Sabe?

— Hun, hun.

— Mas tudo o quê?

— Ora, suas esposas.

— O que é que tem?

Ela se debruçou um pouco sobre a mesa, num gesto de uma sensualidade bestial. Como *é que a cavalgadura do Nestor pode ser o pai dessa maravilha?*, pensou Luiz.

— Bom... vamos dizer que elas não morrem como todo mundo...

— Já lhe expliquei.

— Mesmo?

— Bom, então, como é que...

Carmen, num arrebatamento, quase gritou:

— Você fazia o mesmo comigo?

— Fazia o quê?

— Tinha coragem?

— Do quê, meu Deus?

— De me matar!

— Hein?!

— Por amor!

Repetiu, estonteada:

— De me matar por amor! Tinha coragem? Tinha?

O arrebatamento dela era tão grande que ele se sentiu lisonjeado. Ela o tomava por um herói. Canalha, mau caráter, mas, ainda assim, herói.

Carmen insistiu:

— Tinha?

Dessa vez ele empalideceu. Que aquilo era lisonjeiro, lá isso era. Mas também perigoso como o diabo. Precisava se livrar dela. Talvez, em mais alguns dias...

— Escuta, andou conversando com alguém?

— Não interessa. Responde.

— Se andou, pode esquecer. É tudo mentira. Essa gente fala demais. E eu nem sei...

E foi por aí e coisa e tal, embora visse no rosto dela a expressão da mais nítida e indisfarçável decepção.

— Eu só pensei... — balbuciou, assim que ele terminou.

— O quê?

E ela, o olhar vago, mortiço:

— Que deve ser muito doce matar por amor.

O resto do dia correu da forma a mais normal. A noite é que foi um pouco diferente. Ele não pensou que fosse possível, mas Carmen deu-lhe um sexo ainda mais intenso que o anterior. Tanto que de madrugada estava tão exausto, que simplesmente desmaiou, de surpresa e deslumbramento.

Ela então se levantou, foi até a cozinha, abriu as quatro bocas de gás do fogão. Depois, lânguida, com indecifrável sorriso nos lábios, deitou-se ao seu lado.

A CIGANA

— Otacílio se suicidou.

— Não brinca.

— Essa madrugada.

— Como?

— Comeu um bolinho de bacalhau estragado. Com creolina.

— Por quê?

— O enterro é hoje. Quatro da tarde.

— Droga. Por quê?

— E alguém sabe?

FADAS SAFADINHAS

Nós sabemos,

nós sabemos.

Mas a verdade

não contaremos.

À beira do túmulo, Leocádia, a viúva, exibia um desespero de Antígona suburbana. E uivava a pergunta não queria calar:

— Por que, Tacílio? Por quê?

Nos fundos do cemitério, atrás de uma lápide com anjinhos esvoaçantes, as fadas safadinhas repetiam o estribilho:

Nós sabemos,

nós sabemos.

Mas a verdade

não contaremos.

O DILEMA DA MÃE

Eslovênia. Acampamento cigano. Logo depois do parto, o Xamã examina a criança. Descobre-lhe o sexo e exclama, a voz grave, de facínora fugitivo da Frígia:

— Hun...

A mãe se assusta:

— Que foi?

— Menina. Desgraça para todos nós.

— Mas...

— Não discute, mulher.

— Mas...

— Está escrito.

— Onde?

— No rabo da Cuca.

— E a gente lá tem alguma Cuca por aqui?

— É a palavra dos deuses.

A mãe desvia os olhos da criança. Olha para a neve que cobre o acampamento, para os animais morrendo de frio, as crianças esmolambadas e tiritantes, os velhos desdentados, caras encovadíssimas de Cristo sucumbido, trapos nos pés, esburacando o chão à cata de restos de comida. Suspira fundo:

— Nosso povo é tão feliz!

— Pois é. Quer desgraçá-lo?

— Não, não.

— Faça o que tem que fazer.

— O quê?

— Me entregue a criança.

— Pra quê?

— Nasceu mulher, tem que ser enterrada. Viva. É a lei.

— Ai, meu Deus! Deus meu!

— *Dura lex, sed lex*. No cabelo só gumex.

— Então o indivíduo não vale nada? A vontade, a *iuris deliberandi* privada deve ser sobrepujada pela *iuris ferrandi* maior do Estado? Sempre? Oh, Deus! Deus, onde estás que não me escutas?

— Não faz drama, mulher. Já expliquei. *Dura lex...*

— Gumex no teu cabelo, malandro. No meu não!

— A cova já está pronta.

— Ai! Entrego minha filha aos abutres e livro meu povo da fome e da dor? Ou não entrego e condeno todo mundo à mais indizível agonia, ao mais tenebroso horror?

FADAS SAFADINHAS
Entregar ela entregou.

NARRADOR
Que fez o Xamã?
Que foi que ele fez?

FADAS SAFADINHAS
Leocádia ele levou.

NARRADOR

   Viva a enterrou?

FADAS MALVADAS

   Pelo contrário.

   Com ela muito lucrou.

NARRADOR

   Que fez o Xamã?

   Que foi que ele fez?

FADAS SAFADINHAS

   Vendeu-a ao primeiro freguês.

   Um cigano tirolês.

NARRADOR

   E com Leocádia?

   O que foi que aconteceu?

LEOCÁDIA

   Com o Tacílio me casei,

   Mas para isso

   muito tive que lutar.

   Ah, como lutei.

— Ele tinha outra mulher. Protegida da Cabocla Jurema.

— E você?

— Do Boiadeiro Rei.

DON JUAN

— Não reparou, rapaz?

— No quê?

— A cigana.

— Que que tem?

— Te deu a maior bola.

— Deixa pra lá.

— Mulheraço.

— Sou muito bem casado.

— E daí?

— A Tereza não merece.

Tremendo cara de pau! Tremendo, pensou o
amigo. E depois, roxo de inveja: *Também, com essa
pinta...*

A verdade é que Otacílio era o maior conquistador de Campo Grande, quiçá da Zona Oeste e alhu-
res. Aliás, tinha pretensões mais altas: atingir o cobi-
çadíssimo posto de maior conquistador nacional, e
depois — glória das glórias — internacional.

Saudosista, cultivava ídolos do passado. Por
exemplo: sonhava em ser tão bem dotado quan-

to Porfírio Rubirosa, ter tanto dinheiro quanto Ali Khan, possuir o charme burguês anárquico decadente de Baby Pignatari.

Enfim, resumindo: por uma boa transa, Otacílio era um sujeito capaz de chegar atrasado ao próprio enterro.

Foi botar os olhos nele e me deu um desespero... uma agonia... Não via mais a luz do sol, não via mais a luz do dia. E foi aí...

TEREZA

— Dessa vez é com uma cigana? Aquela que faz ponto na rodoviária?!

— Escuta...

— É com ela que você anda me traindo? É ou não é? Diz.

E ele, com a firmeza dos canalhas:

— Jamais te traí. Jamais.

— Descarado! Isso o que você é!

Tereza se destemperou:

— Pois agora chega, tá sabendo? Vou me vingar.

— Não grita. Olha os vizinhos. Não faz escândalo.

— Faço muito mais. Muito mais.

— O quê?

— Os nossos filhos...

Eram três. Duas meninas e um menino que ela trouxe para o meio da sala, encharcou de álcool. Riscou um fósforo, tacou neles, eles viraram churrasquinho.

A PROMESSA

— Você é cigana.

— Que que tem?

— Tem poderes ocultos.

— E daí?

— Se ressuscitar meus filhos...

— Hein?!

— Te dou meu amor. Pra sempre.

E Leocádia, derretida:

— Se casa comigo?

— Hun, hun...

— Ai! Diz isso de novo!

— Hun, hun...

— O resto também. Diz.

— Se você ressuscitar meus filhos...

— Ai!

— Te dou meu amor. Pra sempre.

— Ai!

— Ouviu, seu Boiadeiro?

— Ahn...

— Vai me ajudar?

— Ahn...

— A gente tem a Cabocla Jurema. E as crianças.

— Hun...

— Então?

— Com a Cabocla eu me entendo.

— As crianças?

— Quero falar com aquele pilantra primeiro.

O ENCONTRO

Sala de consultas do Boiadeiro. Fica no segundo andar de um edifício na Rua Albertina, centro de Campo Grande. É pequena, limpa, bem iluminada. Nas paredes, quadros ciganos, com escritos em romani. No aparelho de som, uma música estranhíssima, cantada por voz mais estranha ainda, um Carlos Gardel com diarreia.

Boiadeiro é uma redundância: tem a aparência bovina, pescoço de Hércules, tronco de minotauro fugido do labirinto. Veste um roupão branco turquesa que contrasta violentamente com sua tez estanhada, os cabelos pretíssimos e um bigode aparado nas pontas, espécie de travessão gorducho, clara hesitação entre Adolf Hitler e Groucho Marx.

Assim que entrou e se viu diante dele, Otacílio se sentiu intimidado. *Diabo, não é todo dia que a gente dá de cara com uma entidade.* O silêncio da sala pequena, abafada, mal iluminada por duas velas, as paredes sujas, a pintura trincada como casca de barata esmigalhada, só fazia aumentar essa sensação.

Também o terno todo preto que o sujeito usava, a gravata de um vermelho vivíssimo, tipo bandeira do Flamengo, a tez desbotada, os cabelos, a barbicha avermelhada e o aspecto frágil, de begônia depois de um pé de vento, faziam de Boiadeiro uma figura de despacho de macumba.

Mas Otacílio tinha a desenvoltura dos crápulas, o desembaraço dos ignorantes desinibidos. Assim é que logo se pôs à vontade, sentou-se. Vestia — tinha caprichado — uma camisa social roxa, de viscose, e uma calça jeans desbotada com água sanitária Super Globo. Nos pés, um Adidas falsificado.

— Tou precisando de um favor seu — disse Boiadeiro. A voz era anasalada, de pato afogado.

Otacílio se surpreendeu:

— Cumé que é?!

— Um favor. Já disse.

— Mas...

— Também não quer um favor meu?

— Bom...

— Teus filhos.

— É...

— Uma mão lava a outra.

Otacílio sorriu amarelo. Uma das velas foi piscando, piscando, apagou-se. A fumacinha encheu a sala. *Cheiro de defunto.*

E Boiadeiro, encarando-o:

— Sabe que eu sou uma entidade, não sabe?

— Todo mundo.

— Mas tem outra coisa. Que ninguém sabe.

— Que coisa?

Boiadeiro fez uma pausa de efeito, abaixou a voz:

— Promete segredo?

— Bem...

— Absoluto!

Otacílio deu de ombros, balbuciou, com cara de bobo:

— Prometo, né?

E Boiadeiro agora num cicio, o corpo vergado, a boca quase colada ao ouvido de Otacílio:

— Posso transformar tudo ao meu redor. E posso também me transformar na pessoa que eu quiser.

— Não brinca!

— Por exemplo: antes de você chegar.

— Que que tem?

— Tudo aqui era dum jeito.

— Ahn...

— Eu também.

— Ahn...

— Agora é tudo de outro.

— Ahn...

— Eu também.

E, como por acaso:

— Posso até deixar de ser homem. Virar mulher.

— Nossa!

— Bom... ainda não experimentei. Mas, confesso: tô morrendo de curiosidade.

— Mesmo?

— Pra isso quero a sua ajuda.

— Que ajuda?

— Me mostrar como é ser mulher.

Otacílio se coçou, ajeitou-se melhor na cadeira e, pigarreando:

— Escuta, seu Boiadeiro...

— Vou ser bem claro. Não quero nenhum mal entendido...

— Sei, sei... mas...

— ...só viro mulher por dentro.

— Por dentro, é?

— Por fora, continuo homem.

— Continua?

— Mudança puramente espiritual... interior...

— Quer dizer que se eu topar...

— Se?!

— ...vou ter que encarar essa figura que taí na minha frente?

— Homem por fora. Mulher por dentro. Delicadíssima. Não esquece.

Otacílio se coçou novamente, de novo se ajeitou na cadeira.

— Seu Boiadeiro... só uma perguntinha...

— Qual?

— O senhor não vai se ofender?

— Qual?

— Promete?

— Escutaqui...

— Por que... por que logo eu?

Boiadeiro se limitou a dar um risinho maroto, de canto de boca, enquanto Otacílio, embalado, continuava:

— Pensa bem, seu Boiadeiro... afinal, em Campo Grande tem tanto cara pintoso... inteligente... instruído... caras que podiam muito bem...

— Sua fama.

— Hein?!

Boiadeiro sorria agora um sorriso descarado:

— Vai dizer que não sabe?

Otacílio se lembrou de seus ídolos e pela primeira vez sentiu por eles uma raiva suína. Eram péfrio. Todos três. Tremendos.

E Boiadeiro, depois de pequena pausa, levemente hesitante:

— Bom... então... então podemos começar...

Otacílio ergueu para ele o mesmo olhar despencado dos cristãos quando davam de cara com os vira-bostas gorduchos esperando por eles no meio da arena.

— Vem... — insistiu Boiadeiro, agora a voz melíflua, piscando e repiscando os olhinhos. Aproximou-se a ponto de Otacílio sentir-lhe o hálito, tresandando a tremoços e batida de limão.

— Aqui?! — exclamou Otacílio.

— Em cima da banqueta do piano.

Não era banqueta. Era um tamborete alto, um tripé, encimado por esquálido assento. E não havia piano algum.

— Enquanto você me ensina a ser mulher, quero tocar "*La Cumparsita*".

— Não podia ser um sambinha? Sabe como é... fico mais animado.

— Não, não e não. Sou vidrada nos portenhos.

Tentou enlaçá-lo, Otacílio se esquivou e, quase num berro:

— Preciso de uma garantia!

— Do que que você tá falando, amor?

— Meus filhos!

— Ai, não me ofende. Então você tá pensando que...

— Estou.

— ...depois de satisfeita eu posso te deixar a ver navios?

— Isso aí. Quero uma prova.

— Que prova?

— Bom... posso ao menos dar uma olhadela neles?

Boiadeiro fez um gesto, o piano apareceu, sobre seu tampo a sombra das três crianças. As duas meninas — Cleadicleide e Clidivalda — e o menino — Edinevair — assim que o viram deram berros de enregelar qualquer cristão:

— Tira a gente daqui! A gente tá no inferno! Por tua causa! Pai filho-da-puta! Tira a gente!

Num desespero, Otacílio estendeu a mão para pegá-los. Boiadeiro fez outro gesto. O piano, as crianças desapareceram. Então Otacílio num desvario, o peito varado por um sentimento de culpa dilacerante, e como terrífica autopunição, jogou-se nos braços do Boiadeiro.

A partir desse momento...

Ai, ai!
O que foi,
o que foi,
que comigo aconteceu?
Ai, ai!
O que foi
o que foi que comigo se deu?
Boiadeiro, Boiadeiro,
você me perdeu.
A teu lado,
só tenho luz.
Longe de você
é tudo breu.
Boiadeiro, Boiadeiro.
Que artes
você usou,
que mistérios
você teceu?
Boiadeiro, Boiadeiro,
sou todo teu.

CABOCLA JUREMA

Encarou Leocádia. E, a voz firme, o olhar duro:

— Então tu agora tem o topete de me pedir ajuda? Tu não ficou contra mim? Não fez o Boiadeiro também ficar?

Cabocla Jurema tinha a cara de uma Medusa com dengue. Era a seguinte sua noção de mundo: existia Deus, existia o diabo. Existia a maçã, existia a mordida. Por causa dessa mordida, a humanidade inteira tinha que sofrer. E ela só pretendia aumentar esse sofrimento. Logo, entre Deus e o diabo, ficava com o cheirinho de enxofre, os chifrinhos, as cento e cinquenta mil encruzilhadas do mal. Em vez da pomba, branquinha e pura, o frango preto, o charuto, a cachaça, os despachos no escurinho cheio de almas penadas dos cemitérios.

— Tô na maior aflição.

— Eu sei.

— Sem dormir faz uma semana.

— Eu sei.

— Com soluço crônico.

— Eu sei.

— Corrimento nasal.

— Eu sei.

— Prisão de ventre.

— Eu sei.

— Minhas regras sumiram.

— Eu sei.

— Também tô sentindo... tô sentindo...

Leocádia fez um silêncio doído, puxou negro suspiro, revirou os olhos, pôs-se a chorar como um bezerro desmamado. Só fazia repetir:

— Me ajuda... me ajuda... ai, Cabocla... quero meu Tacílio de volta... quero tanto, mas tanto que...

Assoou-se num lenço enorme, esbugalhou os olhos, largou-se numa cadeira, gemeu baixinho:

— Ai, Tacílio... Tacílio meu... meu Tacilinho...

— Olhai, se tá pensando que me amolece com essa lenga-lenga, pode tirar o cavalinho da chuva.

— Mas Cabocla...

— Vai ter que fazer mais força.

— Eu faço.

— Fazer o que eu quero.

— Eu faço.

— Tudo.

— Tudinho.

— São duas coisas.

— Duas?

— Primeira...

— Se é dinheiro, eu...

— São almas.

— Almas?

— De vinte criancinhas. Da tua tribo.

— Peraí... peraí...

— Você vai matar as vinte, colocar as almas dentro de uma garrafinha, trazer pra mim.

— Escuta... escuta...

— Depois, sexta-feira, à meia noite em ponto, no cemitério, entregamos as almas pro Tinhoso. Ele vai abrir a garrafa. Se as alminhas não estiverem lá, ele vai levar uma alma só. A tua.

— Não pode deixar por cinco... cinco alminhas?

— Vinte. É o preço dele.

— Preço?

— Da segunda coisa.

— Que coisa?

— Uma pomada que ele vai te dar.

— Pomada?

— Você passa no pinto do Tacílio. O pinto só vai funcionar pra você.

— E o Boiadeiro?

— Só pra você.

— A ex-mulher dele, que pode também até...

— Pra mais ninguém.

Encaram-se. Cabocla, com o torpíssimo olhar da mais dura impiedade; Leocádia, com o olhar bobão e desarvorado do amor desprezado.

Então Leocádia desvia os olhos, fixa-os no calo do dedo mindinho do pé esquerdo, no mais servil gesto de assentimento que a Cabocla jamais tinha visto.

NARRADOR
Me expliquem, me expliquem.
Me expliquem, por favor.

FADAS SAFADINHAS
Com prazer, com prazer.
Estamos ao seu inteiro dispor.

NARRADOR
Se o nó foi desatado,
por que o Otacílio cometeu
o ato tresloucado?
Acabar com a própria vida
não é grande pecado?

CABOCLA
Mas que tipinho! Me mata de rir! Quem é esse sujeitinho?

NARRADOR

Por que de mim escarnecer?

Só quero a verdade esclarecer.

FADAS SAFADINHAS

Ai é que está

aí é que está.

A vida do Otacílio

não valia mais

nem um tostão furado.

Seu destino já estava

riscado.

TINHOSO

Cabocla, você me enganou. Não se faz isso com o diabo.

NARRADOR

O papo está ficando

meio complicado.

E arriscado.

Preciso seguir

meu caminho.

Até logo e obrigado.

CABOCLA

Ficaí. Você não é o narrador? Pois então? Vai ter que mostrar pra todo mundo que com a maldade não se brinca. Pode trazer muita dor.

TINHOSO

Repito. Não gostei de ter sido enganado.

CABOCLA

Mas teve as vinte alminhas, não teve? Não era seu sonho mais acalentado?

NARRADOR

Desculpe se me intrometo,
mas como pode alguém
enganar o diabo?

FADAS SAFADINHAS

Pra se vingar da cigana,
a Cabocla não cumpriu
o combinado.

NARRADOR

Do diabo não recebeu a pomada
que ia fazer Otacílio

ter fidelidade à cigana
por toda a eternidade?

CABOCLA

Recebi. Mas na hora de entregar a ela, outro potinho lhe dei.

FADAS SAFADINHAS

Com a nova pomada,
o pinto dele besuntamos.
A força dele se acabou.
Para sempre ele brochou.

BOIADEIRO

Pois é. Ele me ensinou a ser mulher. Adorei.
Mas depois... Bom, os filhos não ressuscitei. Pra quê?
Enfim, amei enquanto durou. Mas acabou. Sigo em
frente. Pra mim, hoje, ele é uma pessoa morta. Mor-
ti-nha da silva.

OTACÍLIO

Se não tenho mais meus filhos;
se meu pinto
não me traz mais alegria, só amargor;
se não tenho mais meu amor,

saio deste vale de lágrimas,
abandono este vale de dor.

NARRADOR

E a cigana?
Vinte virgens matou.
Vinte almas
ao Tinhoso entregou.
Seu homem
por outro
se apaixonou.
E por causa
de uma pomada
se suicidou.
A razão dessa morte
todo mundo lhe roubou.
Por que será?
Por que será?
Só porque
com o destino brincou?

À beira do túmulo, Leocádia repete:
— Por que, Tacílio meu? Por quê?
E, nos fundos do cemitério, atrás de uma lápide
com anjinhos esvoaçantes, as fadas safadinhas:

Nós sabemos,
nós sabemos.
Mas a verdade
a ela não contaremos.

Os pastores de Deus

— Quero ser um pastor famoso, mulher. Tipo Silas Malafaia, por exemplo.

E ela, irônica:

— Não serve o Bispo Macedo?

— Pelo amor de Deus, Clotilde. Não me goza. Tou falando sério.

— Eu também.

— Escuta...

— Escuta você.

— O quê?

Ela o encarou, deu um suspiro da mais funda resignação. Ele parecia não perceber o quanto aquilo era absurdo. Mas, que diabo, seria tão difícil assim enxergar a realidade?

A verdade, límpida como papo de anjo, era a seguinte: Jerônimo não levava a menor chance. Isso porque era um desses sujeitos que já trazem pregado na testa o carimbo da mais radiosa obscuridade. A começar pela aparência. Pardo, puxado para o marrom delavê, comprido de pernas, chupado de carnes, tinha a cara ossuda, olho de peixe babão, enfim, um Obama fazendo colonoscopia. Ou um falido traficante de quibe.

O que ainda podia salvá-lo era a alma: ouro puro, dezoito quilates. Mesmo assim, com a seguinte ressalva: ouro em alma é o mesmo que chulé em centopeia. Quem liga?

Resumindo: tudo somado, Jerônimo contava apenas com uma, mas, por isso mesmo, fundamental vantagem. Como babalorixá do terreiro Mamãe de Oyê-Oyá, transformava-se, ficava lindão, sapo virado príncipe. Era supimpa vê-lo rodopiar pelo salão, charuto na boca, olhão torto, sempre vestido nos trinques: alaká richilieu cor de dente de sereia; quipá de meia aba aragonês turmalina; às vezes, um torço azul pavão; pano roxo na cintura, tudo arrematado com fios de contas etéreo-cintilantes, peixinhos nadando no céu.

— Vais trair os santos? Mudar de lado? Tens coragem? — quase gritou Clotilde.

Dessa vez, ele é que suspirou fundo, encarou-a, o olho duro.

Mas, afinal, por que Jerônimo tinha suspirado? E por que a olhava de maneira tão estranha?

O SEGREDO

O fato é que ele nunca tinha dito a quase ninguém, muito menos a Clotilde, que sua crença estava ficando cada vez mais rasa que cova de passarinho.

— A crença é o de menos, Jerô. O de menos — garantia Adauto, o amigo do peito, o único com quem ele se abria. E emendava, ostensório: — Nesse negócio, o que importa mesmo é a grana. Acima de tudo. A gente vende Deus e ainda fica numa boa.

— Não tem medo?

— Do quê?

— Essa historia... vender Deus...

— Não acredito nele.

— Em sua existência?

— Já disse que não.

— Então, sem Deus, tudo é permitido?

— Com ele também. Com Deus, tudo é permitido.

— Acredita mesmo?

— Ele não é puro amor?

— Dizem, né?

— Então, ele vai me perdoar. Sempre. Assim fica tudo quites. Elas por elas.

Adauto parecia saber muito bem do que estava falando. Babalorixá dissidente, pentecostal pós-moderno, tinha fundado sua própria igreja e ia de vento em popa, os fiéis aumentando a cada dia, enquanto o terreiro de Jerônimo...

Esse era outro assunto sobre o qual Adauto opinava, com a convicção de um São Tomás de Aquino campo-grandense:

— Abre os olhos, cara. O candomblé. Está morto e não sabe.

Espetava o dedo no peito de Jerônimo:

— Olha só você. Está matando cachorro a grito. Confessa. Está ou não está?

Jerônimo abaixava os olhos, pundonoroso, num conformismo aviltante. Mas como negar? Há oito, dez anos, seu terreiro era fulgurante. O próprio Adauto tinha sido iniciado por ele. Seus consulentes eram políticos, artistas. Maior, por aquelas bandas, só um, e no passado: Seu Sete da Lira, em Santíssimo. Agora, no entanto...

Adauto continuava, cada palavra uma ferroada nas bochechas de Jerônimo:

— Pastores eletrônicos, cara. Milagres pela televisão. Direto na casa do freguês. Dá pra fazer concorrência? — E depois de uma pausa de efeito: — Um dia eu chego lá. Tou batalhando pra isso. Muito. — E terminava, quase escarninho: — E você, cara? Vai segurar a onda? Bancar o herói? Até quando? Que que vai ser da Clotilde, do teu filho?

O PAU-MANDADO

Quem é você,
que passou
os sonhos dele
a povoar?
Será o demo?
— Não sou. Não sou.
Será o Senhor?
— Não sou. Não sou.
Então quem é você,
torpe criatura?
— Que importância tem
minha triste figura?

Então ele riu e chorou. Andava aos saltos, um pinguim sem galochas. Era magro, descarnado como bula de remédio. Finalmente, depois de atroz insistência:

Sou o Anunciador.
Represento as entidades
que podem dar
tudo o que ele deseja
com tanto ardor.

JERÔNIMO

Se existe um caminho,
Por ele sigo
com todo o meu carinho,
com todo o meu amor.

ANUNCIADOR

É caminho de sofrimento,
de muita dor.

JERÔNIMO

Seja como for.
Só quero saber
porque mais ainda
devo padecer.

ANUNCIADOR

Não quer as entidades
abandonar?

Esse é o preço
que deve pagar.

JERÔNIMO

Que preço será,
que preço será?
Será o sol,
será a lua?
Uma estrela
no céu,
um peixinho
no mar?
Ou minh'alma
suspensa no ar?

ANUNCIADOR

Querem o sacrifício
daquilo que você tem
de mais precioso.
Daquele que é o seu bem
mais valioso.

O FILHO

Quer saber? Quando a gente se casou, eu já tava
de barriga. Três meses. Foi aí que eu entrei numa

fase brava. Me bateu o maior desespero. Dia e noite tinha uma baita vontade de morrer. Tinha vontade até de acabar com a minha vida. A morte não é a única coisa que a gente conhece da vida? A única coisa certa? Pois então? Mas será que dava pra viver com essa certeza? Sentia um peso tão grande dentro de mim... Um peso pelo Jerônimo. Outro peso por mim. Outro pela criança que ia nascer. Rezava dia e noite. Pedia um sinal. De Deus ou duma entidade qualquer. Eu me sentia tão culpada. Mas culpada do quê? Que que eu tinha feito? E por que eu não recebia o tal sinal? Já tava chegando nas últimas quando tive um sonho, e nesse sonho Iemanjá me apareceu e me disse que a salvação eu já tinha, era só ter olho e enxergar, e eu aí fiquei sabendo que a salvação era o meu filho que eu carregava bem dentro de mim, e foi a partir daí que eu e o Jerônimo...

O AXOGUM

Sou o mão-de-faca. O matador do terreiro. De mim depende a entidade aceitar ou não a matança e o sacrificado. Deve-se dar um banho nele, limpar a carne e os cabelos de toda impureza. Sua carótida é aberta do lado esquerdo. Colhe-se o sangue num alguidar de barro. Em seguida, abre-se o peito e retira-se o coração. Abre-se por cima a artéria grande e o coração é dividido em duas partes. Corta-se em bifes, que são passados no azeite de dendê, com bastante pimenta malagueta, farofa de água e sal, farofa de marafo, alho feito com areia de praia, acaçá de milho. Depois de cozido, são feitos os bolinhos, enrolados em folhas de bananeira e...

O MENINO

Desceram pelo calçadão. O pai e o menino. O menino tinha cinco anos. Era esperto, de olhos vivos. Segurava a mão do pai. Diante das lojas, pedia coisas. Já tinha comido batata frita e hambúrguer. Agora chupava um picolé de maracujá. O dia estava quente, de céu aberto. O menino vestia um conjunto bege, comprado nas Lojas Americanas. Calçava tênis da Nike, com luzinha nos calcanhares. Dobraram a esquina da Viúva Dantas. Pararam no Shopping Passeio. O pai levou o filho ao banheiro. Urinaram. Depois seguiram em direção ao terreiro.

Seis meses depois, Jerônimo tinha sua própria igreja, a Primeira Messiânica do Rio Jordão, e um programa na RDTV, em dois horários. Das quatro às cinco da manhã, falava aos trabalhadores de Jesus e seu maravilhoso sacrifício pelos homens. Realizava milagres. Anunciava a venda da Bíblia e de outros livros santos. Concedia desconto de dez por cento a quem comprasse mais de um volume. Das cinco às seis e meia da tarde, repetia a mesma coisa para as donas de casa, os aposentados e os desocupados em geral. Fazia milagres variados e pedia donativos em dinheiro para a construção de um grandioso templo da Messiânica, com espaço para vinte mil fiéis, em grande terreno na Rua Jaguaruna. A meia hora final ficava a cargo de Clotilde, que dava receitas de bolos e quitutes misturadas a orações, pedidos de bênçãos e santos ensinamentos dos caminhos para se ganhar o paraíso. Um deles passava necessariamente pelo pagamento do dízimo, em conta corrente aberta no Itaú. Os depósitos podiam ser feitos pessoalmente ou pelo telefone de qualquer agência, em todo o território nacional.

SALTO CARRAPETA

No bar, o sujeito puxou-o pelo braço; sussurrou-lhe, a voz de assombração:

— Todos nós vamos pro mesmo lugar. Vamos ou não vamos?

Além da voz, o hálito e os perdigotos também eram de assombração. Ou de múmia com dente cariado.

— Sabe que lugar?

E cavernoso, definitivo, encarando Edgar:

— O túmulo! O túmulo!

LORI

No cafezinho da esquina, comentou com o amigo:

— Esquisito.

— O quê?

— Um cara. Ali, na saída do Pepe.

Calou-se, o olho grudado numa mosca em cima do balcão.

E o amigo, impaciente:

— Bom...

— Pois é... o tal cara...

— Bolas, que que tem?

— Falou que a única coisa certa na vida é a morte. O resto é pura especulação.

— Mesmo?!

— Magina só.

— Quem era?

Edgar voltou a olhar para a mosca. Do estranho, só se lembrava do hálito. E dos perdigotos.

— Quem era? — insistiu o amigo.

Edgar deu de ombros. O fato é que não queria saber. O anonimato conferia ao sujeito uma credibilidade mais que insofismável, de pitonisa grega.

Lori — o nome era Lourival, mas todo mundo só o tratava daquela forma abominável — parou com a xicrinha de café no ar:

— Peraí...

— Que foi?

— Quem me disse esse negócio foi você. Outro dia. Se lembra?

— Que negócio?

— Essa história de vida... morte... especulação.

— Foi?

— Então como é que o tal cara...

— Sei lá... sei lá...

Edgar correu a mão pelos cabelos, numa aflição. Era um sujeito enorme, hirsuto, a cara façanhuda. No fundo, um passional, uma alma indigente, sempre entregue a dúvidas descabeladíssimas. Enfim, um urso com osteoporose.

Foi então que Lourival, amigo desde o dilúvio, desses a quem nada se nega, fez a observação fatal:

— Olhai... tem alguma coisa errada.

— O quê? Que que tem de errado?

— Você começar a ver assombração.

— Ora... tem paciência, vá. Imagina se eu...

Edgar tropeçou na própria atrapalhação. Deu as costas, afastou-se. Sem pagar o cafezinho e sem se despedir.

MARICOTA

— Você acredita em Deus?

— Ora...

— Responde.

— Pergunta mais besta.

— Acredita?

— Como todo mundo, né?

— Ele já te apareceu?

— Hein?!

— Conversaram? Bateram papo?

— Escuta, Edgar...

— Sente falta?

Ela fez menção de se levantar. Estavam na cama, no apartamento dela. Ele, peladão, ela só de calcinha. Bruna Surfistinha campo-grandense, Maricota só atendia com hora marcada. A trezentos reais. Por sessenta minutos, dava sexo de primeiríssima, amizade e conselhos em geral. Bem articulada, discutia com invejável desenvoltura os índices da BOVESPA; as manhas do governo global eram fichinha para ela (conhecia de cor e salteado as maquinações do Clube de Bilderberg, as jogadas de George Soros); ajudava a desenrolar negócios cabeludíssimos. Enfim, um Palocci de saias. Edgar mesmo já se beneficiara de seus conselhos. Dono do Cafona Materiais de Construção, ganhara bom dinheiro com a orientação dela.

— Responde: sente falta?

Ela se ergueu, começou a se vestir:

— Não discuto religião. Não topo.

— Não tou discutindo.

— Olhaí... não quero ser chata, mas seu tempo já acabou.

— Só quero te confessar uma coisa.

— Deixa pra amanhã.

— É que eu me encontrei com a Morte.

— Hein?!

— Na saída do Pepe.

Ela pigarreou, deu um suspiro sentido, enquanto ele:

— Aí eu pensei: se a Morte me apareceu, por que Deus não me aparece também?

— Pensou, é?

— Mas se ele não aparece pra mim, pode muito bem ter aparecido pra outra pessoa qualquer.

— Também pensou nisso, é?

— Você, por exemplo. Ou, quem sabe...

— Olha... o telefone...

— Tocou?

— O celular. Na sala. Não ouviu?

— Ou ele pode muito bem ter aparecido pro...

— Continua tocando.

— Que que você acha?

— Vou atender. Olha, dá um pulinho aqui outra hora. A gente conversa melhor.

Maricota saiu. Edgar continuou deitado, os olhos pregados no teto.

ALUCINAÇÕES

— Ele me aparece, sim. Todas as quartas e sextas. Às oito em ponto.

— Da manhã?

— Também de noite.

— E?

— O quê?

— Ora... como é?

— Ele? De manhã, atlético, falante, bonitão.

— E à noite?

— Chato, enjoado, fechadão.

— Só?

— Toma uma porção de formas.

— É?

— Anão albino... mulher barbada... trapezista cego.

— Ora, mas então... então...

NARRADOR

— Edgar endoidou?

— Bom pro Lourival.

— Bom?

— Que disso se aproveitou.

LARISSA

— Entende meu desespero, Lori? Entende?

E ele, a voz grávida de desejo, os olhos a desvendar-lhe os seios, a cinturinha, as coxas:

— Entendo... entendo...

Só havia duas coisas que Lourival desejava na vida: ser mais alto dez centímetros e ter Larissa. Aos dez centímetros era impossível chegar. Consolava-se usando salto carrapeta — cinco centímetros, no máximo — que lhe empinavam o traseiro, conferiam-lhe o ar de suspeitíssimo galo garnisé. Quanto a Larissa...

— Ai, meu Deus! Ai, Deus meu!

Era sua perdição. Desde os tempos de colégio. E depois, quando, mocetona, descia a Rua Augusto de Vasconcelos, despertando desvairadíssimos suspiros nos mocetões, os olhos estatelados, respiração em haustos à sua passagem. Sentia por ela um ciúme abrangente, diáfano, mas de uma aspereza que chegava a machucar.

Quase morreu quando Edgar e ela começaram a namorar. Colega de ambos no colégio, via com divina inveja o amigo espichar, atingir gloriosíssimos um e oitenta e cinco, enquanto ele minguava em seus um e cinquenta e nove. Depois, aquilo: a paixão descabelada, os dois sem se desgrudar, saindo do escurinho do cinema do Vitorino, o andar lasso das esfregações, o olhar banzeiro, o risinho bobão de canto de boca.

Daí em diante, Lourival não se desgrudou mais de Edgar. Nutria por ele inveja rotunda, ódio finório. De família abastada, sufocava-o com uma prestimosidade ostensiva, quase indecorosa: padrinho de casamento, brindou os recém-casados com uma lua de mel em Campos do Jordão, financiou a compra do Cafona, enfim, livrava Edgar de qualquer aperto financeiro. Hipocrisias. Tudo em troca de poder frequentar-lhe a casa, estar perto de Larissa, vê-la encorpar mais ainda a cada dia, ganhar a lubricidade de uma apetitosa madona suburbana.

O fato, insofismável, é que esperava, com a sofreguidão de um afogado, o milagre de um dia galgar o até agora inacessível Himalaia daquelas coxas, daqueles seios, daquela boca. Foi aí que, como se viu, o acaso o favoreceu.

NARRADOR

— O que fez Lori,

o que foi que ele fez?

— Não fez nada.

Foi ela que deu

o xeque-mate

naquele jogo de xadrez.

LARISSA X LORI

— Ai, como o Lori é bobinho! Será que ele pensava mesmo que eu nunca ia perceber sua paixonite?

— Mas você então... então...

— Sempre com esse olho babão... zanzando... querendo se esfregar... Eu te provocava.

— Não brinca...

— Os shortinhos... as coxas...

— Ai...

— A cruzada de pernas...

— Ai, ai...

— A barriguinha de fora...

— Ai, ai, ai...

— Os decotes.

— Ai, meu Deus!

— Pois é.

— Me atormentar te divertia?

— Atormentar mesmo, não.

— Judiar?

— Experimentar meu poder. Tentar. Que mulher não gosta?

— E agora?

— Estou com você, não estou?

— Mesmo eu sendo tão... tão...

— O quê?

— Ora, você sabe...

— O quê?

— Quer dizer... o Edgar... enorme... grandão...

— Alto?

— É... isso aí...

— Acho você uma gracinha. Pequenininho... delicadinho... fofinho...

— Mesmo?

— Sabe do que eu tenho vontade? Sabe?

— Do quê?

— Te vestir de menininha.

— Ai...

— Te pegar no colo.

— Ai, ai...

— Te ninar.

— Me dar de mamar?

— E depois... depois...

À custa de Lori, Edgar faz tratamento psiquiátrico numa clínica de Porto Rico. De seis em seis meses, passa quinze dias em Campo Grande. Pode então ser encontrado no Pepe, todas as tardes, em papos frenéticos com alguém só visto por ele e por ele tratado com sepulcral afabilidade.

Os agiotas

O sujeito o encarou, revirou os olhinhos, raspou a garganta, incorporou o espírito de Chico Xavier. E, a vozinha delicada, de bicha do além:

— Querido irmão, você está obrando em pecado.

— Estou?

— Grave.

— Por quê?

— Empresta dinheiro a juros, não empresta?

— Empresto, né...

— Vinte por cento.

— Isso aí.

— Cobrado sobre o tempo do empréstimo. Como garantia.

— É...

— Mas o tempo pertence a quem? A você?

— Não...

— Pertence a Deus, não é mesmo?

— É...

— Logo, você é um ladrão.

— Sou?!

— De Deus. E por duas vezes.

— Duas?!

— Roubar dele o tempo e ainda ter o desplante de cobrar por isso.

— Ora, mas...

— Portanto, sua alma corre perigo. Seríssimo.

— Que perigo?

— Queimar. No inferno.

— Inferno?!

— Para sempre.

— Sempre, é?

— Mas...

— Mas?

— Espera... espera...

— O quê?

— Tou recebendo...

— O quê? O quê?

— Uma comunicação... sabe?... espíritos de luz...

— Agora?!

— Estão me dizendo... você pode dar uma paradinha no meio da viagem.

— Que viagem?

— Pro inferno. Esqueceu?

— Não, não. Mas... Droga, que paradinha?

— No purgatório.

— Pra quê?

— Purgar seus pecados.

— E daí?

— Todos.

— Repito: e daí?

— Mudar de rumo. Em vez do inferno, ir para o céu.

— Bom, se é assim...

— Trata-se de uma graça. Que você tem que conquistar. E merecer.

— Como?

— Ela começa agora. Enquanto você ainda está vivo.

— E o que que eu tenho que fazer?

— Dar aos pobres o que roubou de Deus.

— Hein?!

— Devolver.

— Quanto?

— Tudo.

— Tudinho?

— Tudinho.

— Mas então... então... bolas... cumé que eu fico?

— É a purgação. Não expliquei? Mas pode-se ficar sabendo as quantias exatas com certa antecipação.

— De que jeito?

— Os espíritos. Vão me dizer. Estão garantindo. Acham que não é justo te deixar na pindaíba assim, de uma hora para outra.

— Acham, é?

— Olha, estão até sugerindo o nome de algumas instituições sérias que... em primeiro lugar a nossa, é evidente... e mais algumas outras que...

XEQUE-MATE

— Que que você acha?

Bernardo quase se engasgou com o biscoitinho amanteigado da Bauducco que comia toda manhã com o Vitório, na mesinha dos fundos do bar do Amaro.

— Então? — insistiu Vitório.

A voz de falsete e a cara — barbicha em ponta, bigode de sopa, nariz repolhudo — eram de um arrependidíssimo Shylock. Os dois eram os maiores agiotas de Campo Grande. E duas das maiores fortunas também. A verdade é que Vitório tinha iniciado Bernardo no negócio. Atarracado, físico taurino, um Popeye depois do espinafre, Bernardo, no início, era apenas o fero cobrador dos clientes mais recalcitrantes. Com o tempo, e aos poucos, Vitório incutiu-lhe sutilezas inimagináveis. Por exemplo: pela intensidade do chulé, Bernardo identificava, nos homens, o mau pagador. Nas mulheres, os eflúvios das mucosas íntimas eram fator importantíssimo, indicadores da mais irrefutável má-fé.

Quando Vitório o julgou pronto, alçou-o à condição de sócio. Minoritário, a bem da verdade. Com trinta por cento do que possuía. O que era muitíssimo: mais de duzentos imóveis, ações na bolsa, difusos interesses comerciais, o escambau.

Por mais de cinco anos, Bernardo viveu a felicidade do mais embasbacado dos nubentes. Era Santo Astrobagildo no céu e Vitório na terra.

Pois não é que agora, assim, sem mais nem menos, Vitório tinha o desplante de lhe propor o final da sociedade? E ainda pedia sua opinião! O que estava acontecendo? Será que Vitório... ou será ainda que...

O FILHO

E agora?
Quem me sustentará?
Quem o meu bem-bom
garantirá?
Cruz credo
o batente encarar.
Se o mar
não está pra peixe,
como é que eu
vou navegar?

A MULHER

E eu?
Quem minha plástica
vai pagar?
Minha viagem
às Bahamas
vou cancelar?
Paris e Roma
ainda não conhecer

é fundo pecado.

Com ele

não quero morrer.

VITÓRIO

Era meu aniversário. Minha mulher e meu filho me levaram pra passar o dia num sítio, na Estrada do Cantagalo. O sítio era do Bernardo. Mas ele não apareceu. Tinha churrasco, farofa, cerveja. E pagode. Com DVD do Zeca Pagodinho. O dia tava de sol forte e muito quente. A gente ficou o tempo todo no terraço. Do lado da churrasqueira. Voltamos só de noitinha. Eu bebi muita Itaipava. Acho que fiquei de porre.

O FILHO

Mãe tava dirigindo. Pai sentou na frente. No banco do carona. Eu tava no banco traseiro, bem atrás dele. A gente saiu do sítio já era quase de noite. Mãe não voltou pela Estrada do Monteiro. Seguiu em frente e entrou no Caminho do Cafundá. Foi aí que enfiei o saco plástico na cabeça dele. Ele começou a se debater. Eu segurei mais firme. Mãe segurou os braços. Ele continuou se debatendo um pouquinho mais. Mas logo sossegou. Senti o coração dele batendo devagarzinho, como um coração de passarinho. Até que parou.

BERNARDO

Daqui a seis meses é o aniversário do Marquinhos. Já combinei com a Dalva levar ele pro meu sítio, na Estrada do Cantagalo. Vai ter pagode, com DVD do Zeca Pagodinho, muito churrasco, muita cerveja. A gente vai voltar de noitinha. Com ela dirigindo, ele sentado na frente. No banco do carona. Eu vou no banco traseiro, bem atrás dele. Ela não volta pela Estrada do Monteiro. Segue em frente, até o Caminho do Cafundá. Vai entrar nele e aí...

LAURA

— Já soube?

— Do quê?

— O Clemente.

— Morreu?

— Pior.

— Pior?

— Ataque cardíaco.

— Meu Deus!

— Ficou troncho.

— Vida vegetativa?

— Quase.

— Coitado.

— Não fala, não anda, não se mexe.

— Deus me perdoe... melhor ter morrido.

O JANTAR

— Tou namorando o Robertão — disse Esterzinha.

Laura, a mãe, quase se engasgou com a sopa.
Clemente, o pai, teve súbito ataque de tosse.

— Quem? O negão? — perguntou a avó, do outro lado da mesa.

Tudo o que sabiam dele se resumia praticamen-
te àquilo. Acontece que as vizinhas...

— Ah, tem muito mais.

— Mais o quê?

— Se lembra do Harry Belafonte?

— Quem?

— A cara dele.

— Bonito?

— Lindo de morrer.

Os vizinhos:

— Cara de assombração.

— Grande Otelo com arroto.

— Sujeito finório.

— Mas, sem dúvida, muito escroto.

ROBERTÃO

Por que assim me odiar?
Sou filho de mazombeiro,
de marinheiro que se perdeu,
mas que não tem medo do mar.
Tenho catinga, inhaca,
mas gosto que me enrosco de caviar.
Então por que uma loura não cobiçar?

AVÓ:

— Alguém falou em inhaca? Cruz credo!
E Esterzinha, derretida:
— É pura inveja, amor meu. Pura inveja!
Laura quase gritou:
— Cale a boca!
Robertão, com um risinho de fauno núbio, olhou para ela. Laura estremeceu. Havia tanto fogo naquele olhar, uma lascívia que... Sentiu-se despida, violentada. Em cima da mesa de jantar, entre um prato de frango assado e uma salada de tomate com couve repolhuda. Diante de toda a família.

Virou-se para o marido e, a voz trêmula, de espantalho engasgado:
— Clemente... você... você não vai fazer nada?
— Vão ter filhos? — indagou a avó. — Se for menina, deve se chamar Isabel. Não é o nome daquela princesa que...

Laura insistiu:

— Clemente, tou esperando.

— O quê? Que foi que aconteceu?

— Oh!

Roxa de raiva, Laura puxou a filha para um canto:

— Você não vai fazer isso com a gente!

A filha ergueu para ela um olhar de uma ingenuidade apavorante:

— Fazer o quê?

— Ora, você... você... Amanhã... amanhã a gente conversa.

E saiu da sala, num rompante.

A velha se voltou para Esterzinha:

— Você tá mesmo esperando neném? Sua mãe vai adorar.

O AMIGO

— Tou vivendo um drama, Teixeira. Tremendo.

— Tenha a santa paciência, Clemente. Vê se não exagera.

Íntimos há mais de vinte anos, Teixeira conhecia Clemente de cor e salteado. E sabia que ele, volta e meia, se tornava enjoadíssimo.

Clemente pigarreou, solene:

— É o seguinte...

Enquanto ele falava, Teixeira não podia deixar de pensar no que Laura tinha visto num sujeito como aquele. A verdade é que Clemente ostentava um físico esquisitíssimo: paquidérmico, barrigão sextavado, carantonha balofa de bezerrão desmamado. E Laura tinha com ele se casado. Acima de tudo, era-lhe fidelíssima. Logo ela. Jovem, o xodó da Zona Oeste, a Lady Godiva campo-grandense. E mesmo agora, beirando os quarenta, um tremendo mulherão. Dinheiro não era. Clemente, embora de família tradicional, estava longe de ser rico. Então o quê? A coisa era tão gritante que chegava a criar um enorme paradoxo. Que era o seguinte: como é que a feiura absoluta, em vez de desprezo, recebia um gostosíssimo prêmio — os braços, as coxas, os seios, a intimidade úmida e cálida de uma mulher que... E com direito a um inacreditável repeteco. Sim, porque Esterzinha era a cara da mãe, tinha o corpo da mãe, era tão gostosa quanto a... Meu Deus! Era justo aquilo? Era?

E agora ali estava Clemente, contando-lhe intimidades, expondo-lhe um problema que... Oh, que raiva! Afinal, o que é que um pamonha como aquele merecia? Uma única e sórdida coisa: a mais cruel e transcendental vingança. Em nome dele, Teixeira. E também de todos os outros que Laura tinha igualmente preterido.

— Bom... e aí? — perguntou Clemente, assim que terminou.

— O quê?

— Que que você acha?

— Ahn...

— Ahn, o quê?

A maldade pingando-lhe pelos poros, Teixeira faz a seguinte e devastadora síntese:

— Então a Laura, loura e de olho verde, não quer que a Esterzinha, loura e de olho verde como ela, durma com um negão?

— Ô, Teixeira! Precisa ser grosso?

— Não pediu minha opinião?

— Pedi... mas ... que diabo. É a minha família. Tá se esquecendo?

Teixeira fez questão de futucar a ferida:

— Tem mais.

— Mais?

— Você.

— Eu o quê?

— Tás sofrendo de complexo de Édipo recolhido.

— Cumé que é?!

— Pela Esterzinha.

— Ora...

— Morre de ciúme dela. É doença. Gravíssima.

— Não sofro nada. Você ficou maluco.

— Ah, é? Então responde: consegue pensar na Esterzinha e no negão se esfregando? Pelados? No Salou Motel. Consegue?

Clemente engasgou, vagueou o olhar em torno, num desespero de passarinho apedrejado.

Teixeira disfarçou um sorrisinho da mais pura vilania.

Clemente, por longíssimos segundos, permaneceu num silêncio de moribundo, a cabeça baixa, os olhos grudados no chão. Finalmente, jururu como um urubu perneta, sem ao menos olhar para Teixeira, deu-lhe as costas, afastou-se.

DORES DO AMOR

— Trouxe pra você.

— O quê?

— Bombom. Recheio de cereja.

— Hun... adoro!

— Pra comemorar.

— O quê?

— Nossa vitória.

— Vitória?

— Contra os unicórnios, os hipogrifos, as gárgulas...

— Oh, amor!

— ... os tritões, as harpias, as medusas.

— Quer dizer... vencemos?

— Afortunados fomos.

— Graças. Oh! Oh!

— Mas...

— Mas?

— Empenho máximo nos será agora de novo exigido.

— Verdade?

— Ainda assim...

— Ainda?

— Riscos correremos.

— Oh!

— Já corremos, aliás. Não se lembra?

— Oh, sim, sim.

— Foi terrível.

— Dantesco.

— À beira de horroroso abismo nos vimos.

— Não lembre, querido. Não lembre.

— Como esquecer?

— Tenha fé.

— Tenho. Mas aqueles dias deixaram marcas. Profundíssimas.

— Não se torture.

— Inolvidáveis. Lembra-se?

— Você já perguntou isso, amor.

— Mas é preciso repetir. Sempre.

— Por quê? Por quê?

— Não sei se devo dizer.

— Por que não?

— Debato-me em dúvidas.

— Não me negue a verdade. É muito cruel.

— Temo martirizá-la.

— Não tema. Sou forte.

— Então, querida, fique sabendo que...

O ZANGÃO

— Olha, preciso conversar com você. Sobre o Roberto.

— Quem?

— Ora, quem. O namorado da Esterzinha.

Clemente olhou para ela, meio ressabiado. Era logo depois do almoço. Preparavam-se para voltar ao trabalho. Ele, proprietário da Imobiliária Bom Viver; ela, dona da boutique A Gordinha Feliz.

Que se tratava do Robertão, ele estava cansado de saber. Mas por que o súbito amaciamento da voz, o escandir quase deleitoso das sílabas? Mais esquisito ainda: onde o superlativo, o claro estigma carimbado nele?

— Ora, não tem nada de estranho.

— Não?

— Tenho conversado muito com ele e...

— Conversado?

— É. Lá na loja.

Tinha-lhe escondido aquilo. Por quê?

— Por nada.

— Nada o quê?

— Você está pensando: por que ela não me disse?

— Estou?

— As opiniões mudam, não mudam?

Lá na loja. Ora, isso queria dizer que...

— Ele me procurou.

Ela desviou os olhos, mordeu os lábios. Estava de pé à sua frente. Vestia uma blusa azul, uma saia quase da mesma cor. Era justa, marcava-lhe o contorno do ventre, das coxas. Era linda assim, os cabelos realçados pela luz que invadia a sala. Mas estava nitidamente na defensiva e...

— Não. Não estou.

— O quê?

— Na defensiva.

E, encarando-o:

— Olha, vou dizer a verdade.

— Que verdade?

— Eu é que pedi pra ele passar na loja.

— Pediu?

— Mandei recado por nossa filha.

— Bom... mas pra quê?

— É que eu queria... estava pensando...

Calou-se, puxou uma cadeira, sentou-se. Cruzou as pernas. A saia, justa, deixava-lhe parte das coxas à mostra. Eram muitíssimo provocantes. Clemente estremeceu. Já fazia algum tempo que eles... Mais precisamente, desde a noite em que Esterzinha tinha dito que ela e o... Era um crioulo muito bem apanhado, o Robertão. Alto, físico de atleta, dentes branquíssimos, tipo Neguinho da Beija-Flor, enfim, sacudido como poucos. Enquanto que ele, Clemente... E se Laura e Robertão... e se Teixeira tivesse razão naquele negócio de Freud? Não com respeito à Esterzinha, claro, mas à Laura? E se...

— Não, não. Eu não quero mentir.

Não queria e já tinha mentido duas vezes.

— Preciso lhe dizer a verdade.

Mas, afinal, que verdade? Parecia tão insegura. Logo ela, sempre tão determinada. Que se lembrasse, jamais a vira tomada por qualquer espécie de vacilação. Desde os tempos de noivado, de início de casamento. A não ser que...

— A não ser que... Você! — disse ela, de súbito, sorrindo.

— Eu o quê?

— Ora, então...

— O quê? Fala.

E ela, o sorriso agora franco, erguendo-se:

— Você está com ciúme!

— Não... não...

— Bobinho!

E, acariciando-lhe o rosto:

— Como é que você pôde pensar...

E, o riso aberto, quase um gargalhar:

— Eu e o Roberto! Magina!

Enlaçou-o, esfregou-se nele. Provocava-o. Ele sentiu um afogueamento, um... Deixou-se levar. Mais ainda quando ela o beijou. Embora misturado ao desejo, sentia, nítido, um ferrão a varar-lhe o peito, a arrancar-lhe o coração, a pendurá-lo num espeto. Um autêntico coração de galeto *al primo canto*.

A partir desse dia, Clemente passou a sofrer daquilo que antigamente era conhecido pela charmossíssima denominação de *spleen*. Perdeu a vontade de comer, de trabalhar. Enfim, viver, para ele, deixou de fazer qualquer sentido. Via-se como uma ameba, como o mais invertebrado e insignificante dos seres, um taciturno e estressado chimpanzé de proveta.

Ficava a maior parte do tempo encerrado no quarto, os olhos no teto, num torpor de lesma da Caledônia. E as coisas só pioraram no dia em que Laura deitou-se a seu lado, acariciou-lhe o rosto e disse, a voz de uma meiguice atroz:

— Se lembra daquela tarde, logo depois do almoço, quando a gente... pois é. Estava te querendo tanto que não tomei qualquer cuidado... bom... minhas regras não vieram e eu acho que...

Clemente não ouviu mais nada. A verdade é que aquilo teve sobre ele um efeito tremendo. De um tiro de misericórdia. Daquele dia em diante, seu encarceramento foi total. Recusava-se a sair do quarto, dar de cara com um crioulinho de olho verde zanzando pela casa, birrento e insuportável.

Certa madrugada, acordado por coisa tão prosaica quanto uma dor de cabeça, viu que Laura não estava em sua cama (dormiam no mesmo quarto, em camas separadas). Fez menção de se erguer para pegar um Melhoral no criado-mudo. Foi quando ouviu. Eram uma espécie de alvoroço abafado, gemidos baixinhos, gritinhos disfarçados. Vinham do quarto da filha. O que seria? E Laura? Onde estava? Pensou em chamá-la. Os gemidos aumentaram. Dois eram agudos, gentis, nitidamente femininos. O outro um cafungar pesado, grosso, de... Clemente estremeceu. Seria o que estava pensando? Um sátiro lúbrico e bufão habitava no quarto ao lado, em orgias inenarráveis levava sua mulher e filha a paroxismos de um gozo que... e Laura, embora grávida, a coisas tão degradantes se entregava a ponto de... sua filha, tão pura, era agora uma bacante, não mais que... oh, oh.

Fez enorme esforço para se erguer, mas acabou desabando no chão, como uma marionete desengonçada.

No dia seguinte, quando o encontraram, não era mais que um zumbi caolho e babão. Que esboçava um inaudível rosnar de cachorro sarnento toda vez que Robertão dele se aproximava.

Esta obra foi composta em Minion 11/13,1.
Impressa com miolo em offset 75g e capa em cartão 250g,
por Createspace/ Amazon.

www.ingramcontent.com/pod-product-compliance
Lightning Source LLC
Chambersburg PA
CBHW071400170626
46811CB00003B/1199